鶴の折敷

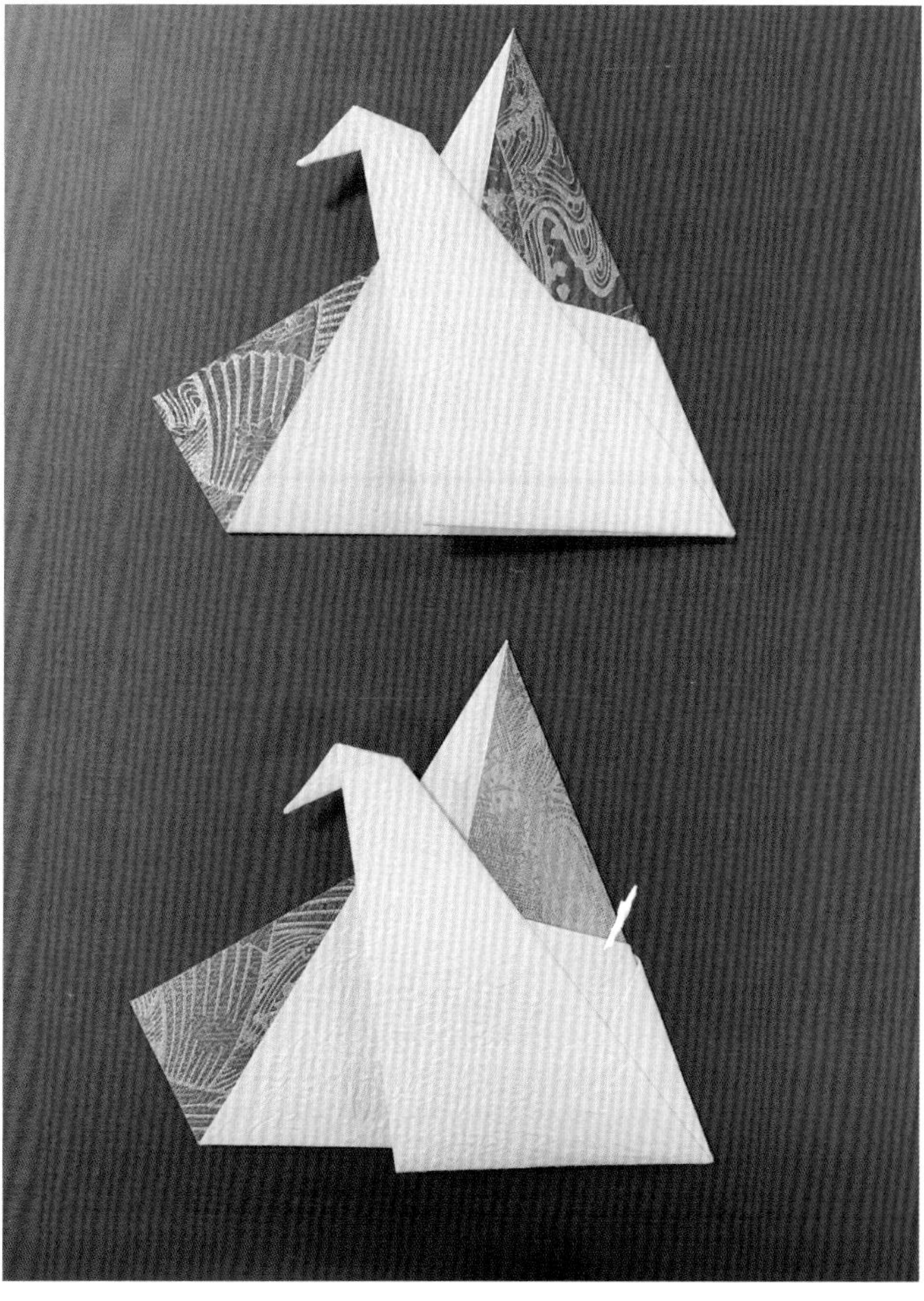

本来は、菓子の敷紙として使用しますが、様々な用途に対応できます。テーブルや棚に立てて飾ったり、名札立てとしても使えます。
清浄を表す白い和紙（合わせもみ紙）に一部友禅和紙を貼ったもので、四季折々図柄や色合いを変えると雰囲気も違います。絶妙なバランス（角度）で折りあげた鶴は海外の方々にも分かりやすくたいへん喜ばれます。

筆包み

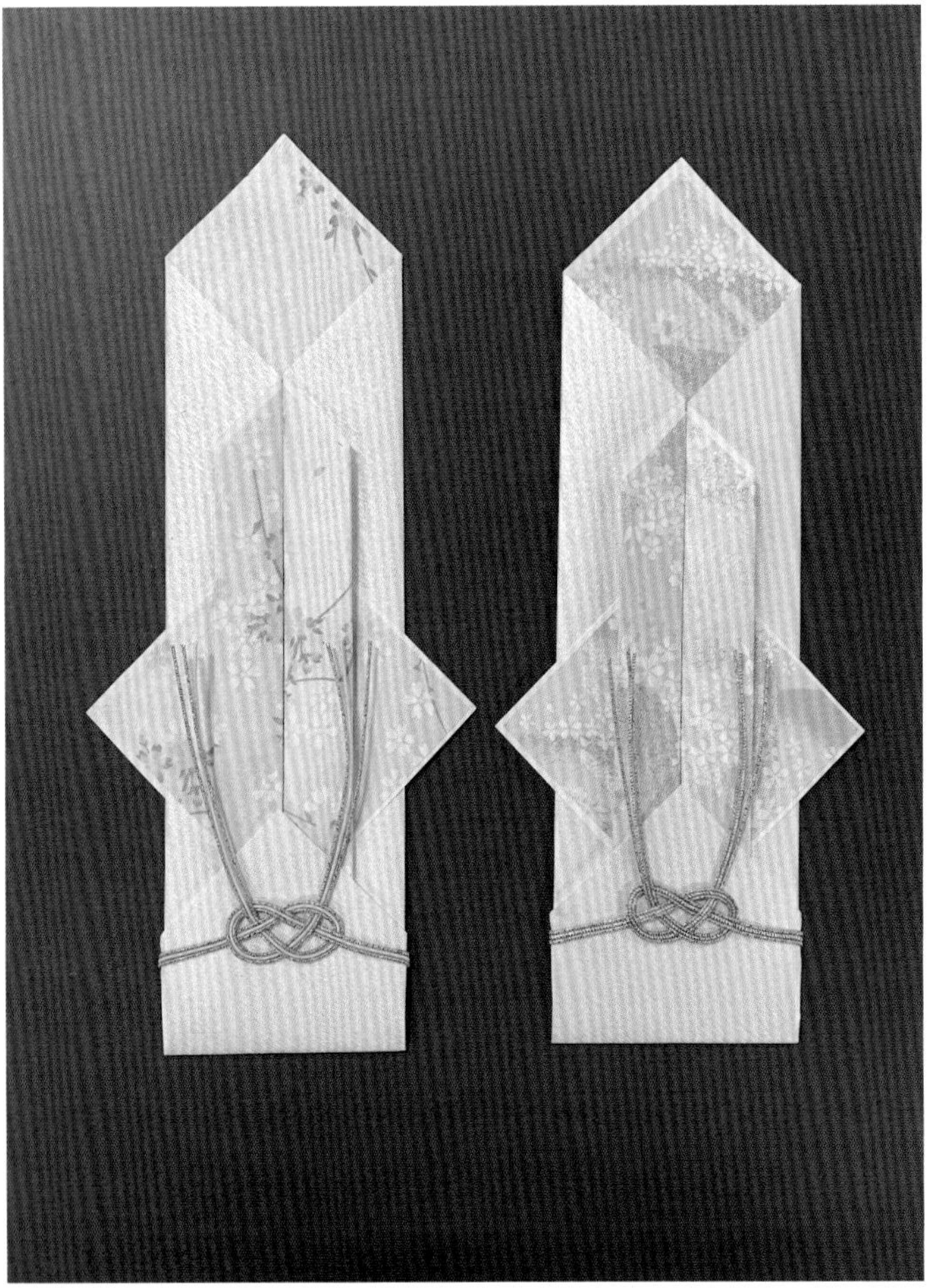

料紙・墨・筆・硯の四点は文房四宝と呼ばれ、書斎に欠かせないものでした。
大切な筆を包む時は、未来に向かって伸びるかのように筆の穂先を覗かせながら折ります。

たすきがけの親孝行
ひと筋の光をみたようだ

森すず美

文芸社

目次

手紙

枯れ葉の舞い散る季節となりました。

先日は、長崎の両親と共に博多までお運びいただきまして、ありがとうございます。大相撲の枡席とホテルの宿泊券が手に入り、よい機会でしたのでお誘いさせていただいたのですが、ご迷惑ではなかったでしょうか。いつものおふたりだけのペースではなく、かえってお疲れが出られたのではないかと案じております。

その上、私の離婚、そして再婚の話まで、突然お耳に入れまして驚かれたことと思います。褒められる話でもありませんし、叔父様、叔母様がどのようにお感じになられたのか分かりませんが、私なりに我慢もし、努力もした結果の再出発です。

元夫との結婚も初めは反対されてのことでしたので、両親には絶対心配を掛けまいと、一切泣き言も言わずに二十三年間を過ごしてきました。昨年、この話を切り出した時は、母にしか話せなかったのですが、涙々で話にならずに夜を明かしてしまいました。私だけ勝手な行動に出ることもできませんし、やはり世間体のことも考えました。

そして、この一年間、母に少しずつ理解を求めた末に、「あなたが幸せなら元気に暮らしなさい。」とまで言ってもらいました。

「とにかく、時を待ちなさい。そのうちに。」と、言う母からの言葉を聞けた後に、実際、母が父にこの話をしたのは数カ月経ってからのことでした。

姉と妹においては、世間体が悪いと、理解することさえできないと、相談に乗るどころか素気なくあしらわれてしまいました。

長年、家庭を顧みない元夫とのこと、離婚した今も義母の面倒を私が看ていること、子どもたちも理解していることなどを話した時、たったひと言、父は「大変だったね。これからはMさんと幸せになるよう頑張りなさい。」と、言ってくれたのです。母は、このことを父に内緒にしている間、本当に辛かったと思います。

今まで温かい家庭で何不自由なく育ててもらい、平穏無事に暮らしてきた両親に申し訳ない気持ちでいっぱいでした。

Mとの関係が男と女の、ただ都合のいいだけの関係なら、いくつものハードルを二人で乗り越える覚悟はなかったと思います。十二年間、互いの子どもたちの成長を待って、義母（元夫の母）を最期まで看取って……と、けっして無理をしないことを一番に、大切に温めながら時機を待ちました。子どもたちが成長し、これから大切なのは、共に生きるパートナーの存在だと思います。月並みですが、相性が良くて、根本的な価値観が一緒であること。そして、相手への尊敬と信頼から愛情が生まれ、それを持続させていくことだと思います。

再婚の道を選んで、私たちが一番叶えたかったことは、二人一緒にできる互いの両親への親孝行、『たすきがけの親孝行』です。

今年（一九九九年）の六月二十日、大安に入籍いたしました。

子どもたちが十代後半から二十代前半と多感な年頃でもありますし、周りへの配慮から大袈裟に披露させていただくことも控えました。

しかし、この十二年、倦まず弛まず外堀を埋める努力の結果、多くの友人に祝福をしていただいております。常に来客の絶えない状況です。今は、自宅でも教室ができるようオープンにしておりますので、どうぞ次は、我が家の方へもお越しいただきたいと思います。

これからも温かく見守ってください。

一週間が経つのは早いものですね。おかげさまで博多で過ごした二日間のことは、父や母も本当に楽しかったと喜んでくれました。

改めまして、叔父様、叔母様に感謝申しあげます。写真が出来上がりましたので同封させていただきました。思い出のひとつになりましたら幸いです。

来年、暖かくなりましたら、Mの故郷、川開き観光祭にご招待させていただきたいと、義父母が申しております。

寒さに向かいます折、どうぞご自愛くださいませ。

一九九九年十一月

長崎県大村市在住、

道ならぬ恋

夫、七十一歳。妻、六十九歳。

「仲の良いご夫婦ですねー。」

と、よく周りの人から言われる。

「そう、おしゃべりと笑いが絶えません。お酒もね。」ウフフ……。

そんな私たちは、結婚二十三年目の再婚組。

しかも道ならぬ恋歴十二年を経て結ばれた。今でもそうだし、当時はなおさら褒められたことではないのだが、とにかく一生懸命だった。

「浮気ではない。本気だ！」と、言い続け、「ほんものになろう！」を合い言葉に、迷いも不安もなく努力を重ねた結果である。

しかしながら、それによって互いの子どもたちや実家の両親、周りの人たちを不幸にしては許されないこと。外堀を埋めながら子どもたちのことを一番に考えた。早まった行動、無理をしないこと。そして、成人を迎える時までは親としての責任を果たすために、彼らの成長を見守った。

それは、子どもたちが両親の姿を見ながら多少なりとも理解できる大人になる時機を待つということでもあった。

出会い

留守がちだった元夫は、子煩悩な一面も見せるが、商売が忙しいと言いながら、子育てはほぼ母親の私任せであった。三姉妹の真ん中で育った私は、当時小学四年生と一年生の息子たちをどう育てたらよいのやら不安を感じていたところ、知人の誘いもあり子どもたちをある青少年団体に参加させることになった。基本、活動には保護者の協力が不可欠なのだが、我が家は父親の協力が望めない分、私自身が子どもと一緒にどっぷりはまってしまった。

青少年団体とは、年間を通して子どもたちの健全な人材育成を目指し、奉仕活動、登山、キャンプなどの野外活動の中で、自然と親しみ自然を大切にすることをモットーにしたグローバルな青少年団体である。

存命であれば今年百歳になる実家の父も、その活動をしていたと昔を懐かしみながら、当時は孫たちの入隊を喜んでくれた。そして、活動する中で、なにかと気が合う人、助けが欲しい時にいつでもそばにいてくれる人、その上私が望む次のことまで察してくれる人の存在に気が付いた。

その頃の私は、元夫の前では何気なく振る舞いながらも、なぜか心は常に張り詰めているような状態だったが、その人の前では安堵感を覚え、自然体でいられる気がした。

今の夫との出会いであった。

夫は、一級建築士で設計コンサルタントの会社を経営している。

夫と前奥様との間にいる下の息子さんと私の長男が同い年で、時を同じくして入隊した。私たちは保護者として活動をサポート、あるいは、指導する立場でもあった。

こうして私たちの馴れ初めをあからさまに文面に起こすことで、関係者の方々、また、世間一般にも当然許されない不道徳な行為と非難を浴びるであろうことは覚悟のうえである。

是非、最後まで読んでいただきたい。

私たちが本当に、本気で愛し合った軌跡を。

私たちは、最初の結婚があって、授かった子どもたちがいて、そしてこの出会いがあった。この順番だったから、出会うべくして出会ったのだと……。

私たちを取り巻く多くのご縁に恵まれたことに心から感謝したい。

プロポーズ

そもそも元夫との出会いは、私が短大を卒業後、就職したアパレル関係の会社で広告企画やディスプレーデザイナーをしていた時、かっこよくスーツを着こなし目の前に現れたのが最初だった。バイヤーをしていた五歳年上の彼は、二十歳の私にとってはひどく大人に見えた。することがおしゃれで、出会ってすぐ、初めてのデートでプロポーズされた。今になって考えるとまだまだ子どもで両親も猛反対していたが、上司の方《かた》を仲立ちにして、一年かけて説得したのだった。その頃、ほかにも思いを寄せた人がいたのだが、いつのまにか彼と結婚することになったと表現した方がいいのかもしれない。

五十年ほど昔は、二十歳過ぎて二年ほど花嫁修業をした後に、嫁ぐのが当たり前の時代だった。今思えば、結婚を決めたのは単に花嫁姿への憧れだったのかもしれない。

専業主婦

結婚生活は、高齢の義父母の優しい気遣いから、キッチンなどの生活スペースを分けて二世帯の同居生活が始まる。実家でも祖母と一緒に暮らす環境で育ったこともあ

り、実家の母からは、

「あなたなら上手くやっていけるから頑張りなさい。」

と、励まされ、私自身、さほど抵抗はなかった。

結婚一年目の記念日の前日に長男が、その四年後に次男を授かり、それから四年後に義父を見送ってからは、義母を交えて穏やかな日々を過ごしていた。

元夫は、アパレル会社から独立をして福岡を拠点に十数店舗を構え、おりしもバブル景気の波に乗り、商売も順調だった。

仕事柄それなりの女性の存在を感じながらも、私は荒立てることは好まず、一緒にいられる時を楽しむことにした。

その頃の元夫は、週に一度自宅へ帰る程度で子育てや子どもの進路の相談をする機会さえなかった。けれども仲が悪いわけでもなく、もしかすると互いにちょうどよい距離感だったのかもしれない。

「朝食のご用意できました。よろしければどうぞ。」

と、こちらからファックスで連絡を入れると、

「そうか。午前中は時間があるから行こうかな。」と電話がある。

携帯電話がまだ普及していない頃のこと。車で五分ほどの距離からやって来る。本当は、帰ると表現すべきなのでしょうが。

元夫が顔を見せる頃、子どもたちは、すでに登校していた。

元夫と義母との三人で、他愛のない話をしながら朝食を取る。義母は、「体に気をつけなさいよ。」と、息子の不摂生な生活を見直すよう心配するが、元夫は軽く受け流す。高齢で授かったひとり息子を甘やかして育てたことが垣間見える。

たまの休みには、ドライブやキャンプを楽しんだ。

車の上に取り付けたルーフラックに自転車を積んで、自然いっぱいのサイクリングロードまで息子たちを連れてアウトドアを思いっきり楽しむこともあった。

それもこれも、元夫の車好きが高じてのこと。

趣味を通り越して『道楽の域』である。

マセラッティ、アルファロメオ、ポルシェ、BMW等ヨーロッパ車を中心に、いろ

いろな車に乗せてもらったが、常に二、三台の車を所有していた。閑静な住宅街にけたたましいエンジン音を響かせていながらも、車を乗り換えるためにこっそり帰宅することもあった。

「せめて、仏壇に手を合わせて。お義母さんに顔を見せてあげてくださいね。」と、私は義母を気遣って元夫に言った。多分、後ろめたさがあったのでしょう。

社会参加の一歩

当時は専業主婦が当たり前の時代だったが、私は社会参加するためにやれることから一歩ずつ進んでいくことを決めた。

学生時代に学んだことを活かし、美術館の作品解説のボランティアをスタートさせた。来場者の中で希望される方に作品の説明をさせていただくのだが、常設作品の展示替えのたびに近現代美術、日本美術などの絵画から、焼き物、工芸、茶道具、仏教美術に至るまで細やかな勉強が必要で、約十六年間、鍛えられながらも楽しい時間を過ごした。同時に、画廊の仕事にも関わった。

子どもの教育も気を抜くことなく、毎年のようにＰＴＡ関係の役員もさせていただくなど、モチベーションの向上を目指した。

ほかにもカラーコーディネーター、マナーインストラクターの資格を取得した。そして、今の仕事につながる礼儀作法を学ぶことになる。

きっかけとなったのは、画廊の仕事をしていた時、店内にはフランスのアールヌーヴォー芸術作品の数々や、ガレ、ドーム、ラリックなどのガラス工芸や日本画、茶道具など、当時の価格で一千万円を超えるものも取り扱っていた。
三、四人の女子大生にアルバイトの形で入ってもらっていたのだが、オーナーの希望で、なんと全員がお医者様のお嬢さん。皆さん、お育ちの良いすてきな女性だった。その理由は、裕福な環境にあり、ある程度の調度品に幼い頃から囲まれて育っていること、言葉遣いとそれなりの価値観を持って接客ができるということだった。しかも、茶道、華道、英会話などのお稽古事のない日に入ってもらうという、今では到底考えられないようなシフトを組んでいた。そんな彼女たちから接遇や冠婚葬祭についての質問を受けることがたびたびあり、私なりに答えてはいたが、自信を持って詳しく指導できる人になりたいと思ったのだ。

そして、秘書検定はもちろん、一年かけてマナー講師の資格を取得した。

冠婚葬祭の知識、お付き合いのマナー、話し方や立ち居振る舞いなどを学ぶのだが、私の中では以前から心得ていたことばかりであった。

立ち姿も美しく、お辞儀の角度は何度、顎を引いて、目線は……と、なんだか形ばかりのようで意に染まない。

というのも、実際、講師となって活躍しておられる方の多くが客室乗務員、あるいは放送業界でアナウンサーをリタイアされた方たちで、確かに滑舌良く美しい日本語、美しい笑顔の作り方、美しいプロポーションもすてきなのだが、日本社会の中では、和の作法、相手を思いやる所作が一番美しく大事だと気付いた。

現代社会では、希薄になりつつある相手を大切に思う心を、言葉と動作で表すということ。心を形で表現する日本ならではの礼儀作法を身に付けなければと思った。

その後、礼法の基本から始まり、立ち居振る舞い、暮らしの心得、食事の作法、年中行事、冠婚葬祭、四季折々の室礼など、人と人との関わり合いにおいて必要不可欠なことを改めて学ぶ機会を得た。

講座の最後に登場したのが「折形礼法」である。それは、相手のことを思いながら手間暇かけて準備するというプロセスと、なんと言っても「折る・包む・結ぶ」の美しい形に心惹かれた。衝撃的な出会いであった。

無論、それまでもご祝儀袋や香典袋、熨斗紙《のし》、掛け紙と使ってはいたが、文房具店やデパート、コンビニでも手に入る時代、人々は、なぜ熨斗が付いているのか、水引の意味は何なのかを知らないまま、本来の決まり事からかけ離れた派手めなご祝儀袋を買い求めている。とても残念でならない、折形を通して本来の意味を伝えるべき伝統文化であることを感じた。

私が子どもの頃、実家の仏壇の引き出しの中に水引と和紙がしまってあり、父が折り目正しく包んで水引を掛けていたことを覚えている。今思えば私の原点ではないかと思う。ひと昔前までは、日本の家庭では、半紙や奉書紙が常備されていて贈り物やお返しの品、心づけなどを清浄を表す白い和紙で包んで相手に手渡すという習慣があった。

今から二十五年ほど前の折形礼法教室の受講生の中には、「女学校時代に教わりました。」と言われる方が数名おられた。大正から昭和初期頃には、礼儀作法が女子教育に取り入れられていたことが分かる。当時の教科書には、折形の図が掲載されていたという。

折形礼法

ここで日本の伝統——折形礼法《おりかたれいほう》について簡単にご説明させていただく。

折形は、室町時代から上級武家社会の間で伝えられてきた武家礼法のひとつ。日本の「包み」の作法である。

中国から渡来した陰陽説と日本独自の美意識が合わさり、祭事などの儀式で使う装飾用の折り紙と、贈り物を和紙で包む包みを総称するものである。和紙が普及した江戸時代には一般庶民にも広がり、明治以降は女子教育のひとつとして伝えられた。

今の私たちの暮らしの中では、結納品、贈答の熨斗、金子包みなどに見受けられる。

それは、贈る目的、贈る相手のことを思いながら品物を選び、和紙で包むという文化。基本の約束事を守りながら形を決める。和紙の種類にも格があり、昔は、贈る相手の格に合わせた紙を選ぶことも大事だったが、今は、品物の内容に合わせることが多い。ひとつずつ細部にわたり心遣いが求められる。

相手を思う心を形にできることがなにより素晴らしい。

デザイナーさんが折形を和風のものとして出される作品の中には、一見、和の包みのようだが、包みの作法から見ると誤りと思われる箇所があることも時々見かける。

また、礼儀作法の先生が教えられる折形は、正論ではあるが、古典的なものなので、使ってみたいという趣に欠けるような気がする。

そこで、両方を学ばせていただいたことを、私の強みにしたいと思った。

思いを込めて制作した美しい折形をこれからも伝えていきたい。

美大への進路

少女時代の六年間は、地元長崎のミッション系女子校に通った。中高一貫校で、ほぼ全員がエスカレーター式で大学へ進学する。さながら当時流行った曲『学生時代』の歌詞のように将来を夢みながら友と語り、清楚で優しくて可憐そのものだった。

当時から週五日制の授業が行われ、休日の土曜は、ほとんどの学生が、ピアノ、茶道、華道、英会話の習い事をする。家庭の教育方針、または学生本人の自由意志に任せられてはいたが、日曜の朝は、近所の教会（プロテスタント系日本基督教団）の日曜礼拝や日曜学校へ通っていた。

長崎という土地柄、キリスト教の教会も多い。実家の両親は熱心な浄土真宗の檀家でもあったが、私も姉や妹と真面目に教会学校へ通った。

清々しい空気に包まれた日曜の朝、教会の建物の周りに植えられた花々、しっとりと濡れた大ぶりの紫陽花と百合の光景は今も忘れられない。子どもの頃から、花の色、形、香りにとても興味を覚えた。草花にしても空の色にしても自然の彩なすもののすべてが愛おしく、じっと見つめては、色と形の世界に入り込んだ。

部活は美術部に在籍した。街の画廊での作品展では、全判サイズのパネル全体に黒と銀色の無数の額縁のような形をした立体を敷き詰め、金属にも見える無機質なものが少しずつ変化して、緩やかなうねりをもって迫り来るようなものを全て紙で表現した作品がそれなりの評価をいただき、次第にデザインの道へと関心を寄せるようになる。

高校三年の夏休みには、両親に頼み込んで美大の夏期講習受講のために上京した。その年は、大阪万博開催の年で、私たちの学年の修学旅行は万博がメインだったこともあり、団体旅行が苦手な私は迷うこともなかった。一カ月間、東京の寮生活も経験して美大への想いは募るばかりであった。

しかし、半世紀以上前の時代、女の子が親元を離れて東京でのひとり暮らしは、いくら子どもの希望を叶えてあげたいと思っても、両親としてはやすやすと許せるものではなかったと思う。

それでも敷かれたレールではなくデザインの勉強がしたい。そして私が取った大胆な行動とは、なんと短大の推薦試験をボイコットした。それには、両親も根負けした。姉と妹からはわがままが過ぎると非難された。その後、両親からはせめて九州の学校で叶える条件で許してもらった。結果、福岡の短大グラフィックデザインコースへ進学することができた。

今では、私のオフィスも福岡天神の中心部にあり、ちょっと戸外へ出るだけでも知り合いに会うことも珍しくないが、当時は、親戚どころか知り合いもなく、大学に提出する書類の中に「福岡在住の保証人」の記入が必要と、記載されていた。

「うわーっ！　どうしましょ。」

と、困っていたところ……、

「あ~あ神様、ありがとうございます。感謝申しあげます。」

ちょうど長崎の教会学校へ通っていた時の牧師様が、中央区の教会に赴任されるということが分かり、早速事情をお話しして願いが叶った。

学生時代

短大では、グラフィックデザインを学んだ。最初の一年は、寮生活。それなりに友達に恵まれ、二年目に寮を出て短大に程近い大学生専用の間借りに入居した。男子学生ばかりだったので、大家さんのお嬢さんの隣の部屋をお借りすることになった。今の学生さんは、バス、トイレ付きのワンルームの部屋が当たり前だが、五十年前は、食事付の下宿や部屋だけを借りる学生の間借りしかなかった時代である。

近所に銭湯や食堂があり、まるでかぐや姫の『神田川』『赤ちょうちん』の歌そのものだった。学生たちは、部屋に集まり酒を酌み交わしながらしょっちゅう議論したものだった。

授業では、毎日課題が出るため、必死で取り組んだことを思い出す。

ジーパン姿でパネルや画材を抱えて歩いたこと、絵の具の匂いもすべてが情緒ある風景としてとても懐かしい。

母、姉妹

現夫が縁あってお謡《うたい》の稽古をしていることを知った私の母は、能楽堂の初舞台を踏むにあたり、夫のために黒紋付き袴を誂えてくれた。しかも、母のたっての希望で、実家の浮線桐紋《ふせんきりもん》の家紋を染め抜き紋で入れるよう、なじみの呉服屋さんに注文をしたのは、母なりの熱い思いがあったのだと思う。

そして母はひと言、「初めから一緒だったらよかったのに。」と。

私たちが入籍して半年たった頃だった。当時、現夫と母は、なにかにつけ博多と長崎の間を行き来しては、おいしい魚と日本酒で心置きなく語り合うまでになっていた。母は本心から現夫のことを気に入ってくれた。とても嬉しい。心から感謝したい。

しかしながら、姉と妹からは、世間体が悪いと詰められ、姉からはそれ以来、あからさまに冷淡な扱いを受け続けることになる。

折も折、姉の長男の結婚式を控えており、三歳年上の姉からは「結婚式に出席するなら前の人と出て。席次の名前が現夫と子どもたちで違うので恥ずかしいから……。」と、言う。とにかく世間体だけは気にする姉である。

三歳年下の妹は「道ならぬ関係十二年だったら理解するのに同じだけの時が必要。」と、エアメールで丁寧な手紙を寄越す。アメリカ、イギリスと海外生活の長い妹とは、その後和解できたのだが、姉からは子どもの頃から優しくしてもらった記憶もない。多分、旧家に嫁いだ姉からすると、自由奔放に振る舞っているように見える私のことが羨ましいのかもしれない。

姉がその次に言った言葉は、「主人が今の人と一緒に呼んであげればぁ……と言うのよね。」だった。

なんと失礼な！　結婚式の招待は呼んであげるのではなく、「お忙しいところ誠に恐れ入りますが、何卒ご臨席賜りますよう謹んでお願い申しあげます。」ではなかったかしら。

六十年茶道を嗜んでいる人とは思えない恥ずべき振る舞い、これが私の姉とは……。

二人の息子と再婚相手の現夫との関係は、続柄としては継父《けいふ》の関係になる。子どもたちは成人しており、養子縁組さえしなければ、親権という法律上の縛りもない。

姉の長男の結婚式当日、四人家族として見劣りしない仲の良さに姉は気に入らない様子だったが、私はこの時とばかりに親族の宴席を回りながら、現夫の紹介をさせてもらった。婚姻届を出すだけで大層なことは極力控えたため、代わりに実家の伯叔《はくしゅく》父母《ふぼ》には再婚の挨拶状を郵送させていただいていた。その甲斐あって、伯叔父母はもちろん、ほかの親族の皆さんも「お会いできてよかった。」と、喜んでくださった。

そもそも、元夫と二十三年間の婚姻関係にあったにもかかわらず、私の実家の行事にはいつも子どもと三人だけが出席していた。元夫は、ほとんど顔を出していない。

多分、実家の伯叔父母は、元夫のことは私と元夫の結婚式での新郎の姿のままで、顔も記憶にないものと思われる。

名前

私たちが入籍の報告をした時父は、「今度はうまくいくばい。」（長崎弁）と言ってくれた。それは、旧姓と三姉妹のそれぞれの名前と、嫁ぎ先の名字の関係なのだそうだ。

具体的な名を書き表すには、プライバシーに関わることでもあり、それなりの覚悟が必要と思われる。何が何だか分かりづらくて申し訳ないが、つまり、「田」「坪」「野」「森」などといった土地を意味する文字で繋がっているということだ。

次女の私だけは、それにまつわる文字ではなかったのだ。

土地を表すということは、嫁いでも豊かに幸せに暮らしてほしいということではないだろうか。そして、子を思う親の願いと思われる。姉も妹ももしかすると知らないのではないだろうか。初めて父が証してくれた。

三姉妹に共通のひと文字が入っている意味がわかった。だったら初めから教えてほしかったと思うが、回り道したが、今ようやく収まったということのようだ。

父と母　歌舞伎と大相撲

長崎の両親は、博多へ遊びに来ることをとても楽しみにしていた。

孫の成長を見るのも楽しみだが、特に二月、六月、十一月の博多座の歌舞伎公演が催される時はまた格別だった。十一月ともなれば、大相撲九州場所との掛け持ちも楽しみだった。

十一時から昼の演目の歌舞伎を観劇後、博多座から大相撲会場の福岡国際センターに移動して相撲観戦。その日の夜は、相撲茶屋大塚でいただく玄界灘の新鮮な刺身とチャンコ鍋、日本酒のおいしいこと。それだけでも大満足なのに、なんと隣のお座敷から、相撲甚句の生の声が襖越しに聞こえた時は感動しきりだった。

その夜、我が家でゆっくり休んで翌日はショッピング。来福の際、必ず寄る布地屋さんには、長崎カステラなどの手土産を準備して行くのもお決まりだった。そして、

三時半からの歌舞伎夜の演目を堪能すると、

「あ〜あ、最高に幸せ！　また、次が楽しみ。」

と、言い残して帰崎する。

ちなみに博多座では、両親のお気に入りの座席がある。

一階花道脇の通路側最前席A席二十七番と二十八番だ。一番前は近過ぎて全体が見えにくいと言われるが、片方の耳が遠い父は、イヤホンを通して聴く解説が分かりやすく、衣装や化粧の匂い、時には水しぶきまでリアルに伝わってくる前列が臨場感にあふれ、たまらないそうだ。

そんな両親も十四年前、母が病に倒れ、一昨年に九十四歳で亡くなった。父は十三年前、八十七歳で亡くなった。最期まで矍鑠《かくしゃく》としており、家長としての威厳を持っていた。父が他界後は、母が家長として新年のお年玉を七十歳になろうかという三姉妹と孫、ひ孫すべてに毎年渡してくれた。素晴らしい両親だった。

父は、戦後高度成長期の長崎で、造船業の設計技師であった。その後は、保護司として長年罪を犯した少年たちの更生に力を注ぎ「藍綬褒章」を受章。温厚な人柄、責任感あふれる情熱を持った素晴らしい父だった。

母は、専業主婦、父をサポートしながらとても器用な人で、娘たちの普段着はもちろんコート、ウェディングドレス、イヴニングドレスまでプロ級の腕前で手作りしてくれた。子どもの頃は三姉妹でいつもおそろいのワンピースを着せてもらい、近所の方からは宮様のようだと言われていたことを思い出す。

五十の手習いで始めた書道もなかなかの腕前で、読売女流書法展で入賞するなど、寝る間を惜しんで上達した負けず嫌いの努力家だった。

両親を誇りに思う。

理想の夫婦

まだ私たちが正式に婚姻届を出す前の話だが、現夫を早く実家の両親に紹介したくて、一世一代の大芝居を打った。

いつものように博多に遊びに来た両親に、現夫が河豚料理をご馳走させていただきたいと言う。そこで友人の経営する割烹料理店にて大将、女将さんらに協力を仰いで偶然店で会ったというシチュエーションにする。

両親と私の三人が座敷に上がり込み、現夫も一緒に鍋を囲んだ。両親には彼のことを、「子どもたちが野外活動クラブで大変お世話になっている隊長さん。」と、紹介した。お酒も進み、楽しいひとときを過ごしたのだが、多分、母の頭の中では「……。」。きっとただならぬ仲を感じとったと思うが、両親の方から、その後何も口を切ることはなかった。

現夫は、その時の両親の睦まじい様子や、優しい眼差しで父を気遣う母の姿を見て、これぞ理想の夫婦の姿だと思い今でも強く印象に残っているという。

父の手紙「ひと筋の光をみたようだ」

こちらも入籍する数年前の話。

大分県日田市に住む現夫の両親とは、無謀にも、初対面でありながらいきなり温泉旅行の計画を立てた。

実家から近くて三十分ほど車を走らせると、天ヶ瀬温泉、杖立温泉がある。その先には由布院温泉、黒川温泉などがあり、初めは近場の宿を取った。

私のことは、それとなく現夫の両親には話してもらっていたのだが、抵抗なく受け入れてくださった。現夫は三人兄弟の末の子、長兄夫婦は、両親と同居してはいたが相容れない関係で、大正生まれの義母がじっと耐えているように感じられた。次兄家族もまたいつのまにか疎遠状態だった。

というわけで、私たちが両親を温泉旅行に誘ったことは、現夫の兄弟たちには内緒にして出かけた。

実家からほど近いバス停で待ち合わせ、車で迎えに行った。

広い露天風呂に四人で入り、身も心もほっこり温まり、宿の夕食。その前に両親にはちょっとしたプレゼントを用意していた。

現夫の父には柄物のシャツ、母にはバッグを手渡した。すると、「こんなこと初めてだと……。」戸惑いの表情を見せながらとても喜んでもらった。それはそれはお出かけの時に、大切に使ってくださった。

食事中の会話も弾み、現夫の父がカラオケをしてみたいと言うのでホテルのバーへ出かけた。

そこでハプニング！　義父が選曲したのが「さざんかの宿」であった。

愛しても愛してもあゝ
他人《ひと》の妻……

私たちは大笑い。

まさしく、二人の関係そのもの。

きっと現夫の父は、空気を読めないどころか、なにも深い意味はなく、流行りの曲を歌ったのでしょう。


その後も、たびたび現夫の両親を誘って温泉へ出かけた。時には博多へも遊びに来てもらうこともあった。現夫は、今までできなかった親孝行がようやく叶ったと喜び、現夫の父がこんな言葉を手紙に託してくれた。

「ひと筋の光をみたようだ。」と。

その時、人がなんと言おうと、私たちの進む道は、間違いではなかったと思った。

『たすきがけの親孝行』

パートナーの両親を互いに大切にすることができる喜びに感謝である。

現夫の父とは、よく手紙を交わした。

まず電話で話すのだが、高齢のために電話の声が聞こえづらいと思われたので、電話とほぼ同じ内容だが、手紙にして送った。すると返事が来て、いつのまにか何十通もの束になって大切にしまっている。

手紙の書き出しは、「これで〇〇通目です。」と、手紙でやりとりをした回数を書き出して始まる。変化の少ない田舎暮らしの中から芽ぶきの春、美しい紅葉など、話題は四季の移り変わりの様子から短歌へと続く。

そして、宮中での「歌会始の儀」詠進歌の話題におよぶと、得意気になって渾身の作を筆文字で綴って送ってくださった。

梅と柚子

現夫の父の故郷は、大人気漫画の作者で有名になった大分県日田市、出身校も同じらしい。その山間部大山町では、梅、柚子、栗などの栽培が盛んで、昭和三十六年から「梅栗植えてハワイに行こう」というキャッチフレーズを掲げ、ＮＰＣ[※]運動（※大山町から始まった農地に恵まれない山村からの脱皮を目指した〝農業革命〟。土地の収益性を追求し、耕地農業から果樹農業、さらに高次元農業への転換を図った。労働条件の改善にも積極的に取り組み、軽労働、省力労働に適する作目を奨励した。出典：大分大山町農業組合公式サイト　https://oyama-nk.jp/about/）によって付加価値の高い果樹農業への転向を目指した農業革命に取り組んだ。なかでも現夫の父はリーダー的な存在だった。努力の甲斐あって現夫の母も一緒に視察を兼ねてハワイやヨーロッパ、イスラエルへも行ったらしく、さすがに驚いた。

私が初めてお会いした時、高齢ではあったが所有する山林の手入れや、自慢の梅と柚子の栽培を続けていた。結局、跡継ぎする者がいないことが残念であり、申し訳ない思いもあった。

入籍する前から、六月の梅雨時は、梅の収穫。十一月には、柚子の収穫の時期に土日を利用して手伝いに行った。

現夫の父母は指折り数えて、また、現夫の母はお弁当を作って私たちが手伝いに来るのを楽しみにしていた。

丹精込めて育てた果実を摘んでは、惜しげもなく持たせてくれて、車のトランクいっぱいに摘んで福岡へ戻る。

そこからがまた大変な作業で、戻ってきてからは、私の実家、親戚、友人、知人に「お福分け」をする。あらかじめたくさんの段ボール箱を準備して、食べ方、作り方のレシピを入れて箱詰めして宅配便を手配する。

手作りの苦手な人には、「梅ペースト」や「柚子大根」を拵えて送る。我が家ではその後、梅酒と梅干し作りに精を出す。一大イベントである。なかでも柚子がとびきりの上等品で、種なし果汁たっぷりの少し小振りで、どんな料理にも使いやすく、今まで見たことのないほど感動した。香りも素晴らしく、かぼすにも、すだちにも負けない柚子だった。京都でお世話になった料理旅館にも送って差しあげた。友人、知人は、大変喜んでくれるのだが、初めの頃は、「ほんとにあなたが収穫したの。想像がつかない。」と、言われたので、生産者の顔をして、つばの広い帽子で頬被りをして、エプロン、アームカバー軍手に農作業用のハサミを持った姿を写真に収め、果実の箱に一緒に入れて送ることにした。

特に、実家の母や姉は「あなたがそんなことできるの。」と、一番驚かれたが、立派な果実をお裾分けして送ると嬉しかったと喜んで、毎年楽しみにしてくれた。しかし、十年前に現夫の父が他界してからは、手入れが困難なため、山も畑も人に譲ってしまった。

同窓会

現夫の田舎といえば同窓会の出来事を思い出す。二十六年前のことで、まだ入籍しておらず、お忍びでの同窓会出席だった。正月の帰省に合わせて開かれた同窓会だったので、私も現夫の父母に新年の挨拶を兼ねて日田へ同行することになった。日田温泉でひとり宿の夕食をすませ、二次会に合流させてもらった。もちろん妻として紹介してもらったのだが、その後、信じられないことが発覚した。仲間に入れてもらい楽しい時間を過ごし、ほろ酔い気分で宿に戻り、現夫が当日の集合写真を見せてくれた。その中に、我が家の二軒隣のご主人様の顔、しかも奥様は私のママ友である。しかも、つい先ほどまで二次会の目の前でお酒を飲んでいた人である。現夫もまさか私のご近所さんなんて思いもよらないこと。「彼は、かなり酔っていたから気付いていないと思うよ。」と、現夫は言うが、もうガタガタと手の震えが止まらない。

お隣さんとは、ご主人様とたまにお見かけした時にご挨拶するもののじっくり面と向かって話をしたこともなく、先方もまさかこんなふうに会うことなど考えられないのでは……と、思いながら、当日着ていたスーツは二度と着ないことにした。以来、一軒隣のママ友の言動が気にかかりながらの日々を過ごした。

馴れ初め

話を今から三十五年前に戻しましょう。

仕事に、趣味に、ボランティアにと、当然、専業主婦の時代よりもはるかに外出の機会も多くなり、今の夫である彼との逢瀬を重ねていた。

最初のきっかけは、一月九日の野外活動の指導者の新年会の夜。偶然、隣り合わせの席になった彼（現夫）をもう少し飲みたいと誘ったのは私だった。

彼のなじみの中洲の店で、初めてのデート。その時は、まさか特別な存在になろうとは思わず、これっきりにしないと大変なことに……との思いが頭をよぎった。

その後、連絡することもなかった。してもいけないと自分自身に言い聞かせるのだが、翌月、聖バレンタインデーが幸運にもバースデーの彼に「おめでとう！」の電話をかけてしまった。三十五年ほど前のこと、今のようにスマホを誰もが持っている時代ではなく、彼も私への連絡手段がなくて悶々とした日を過ごしていたという。

ありきたりのきっかけだったかもしれないが、聖バレンタインデーの彼の誕生日が、運命の日となった。

十二年にわたる〝道ならぬ恋〟の始まりだった。スリルに満ちた切なさとドキドキ感を楽しんでいたこともあったが、「ほんものになろう！」と、想いを新たに成就するための努力を惜しまなかった。

地元では、周りの目が気になるため、美術館めぐりと称して、よく旅をした。彼の仕事も順調で、二人のスケジュール調整をしながら旅の計画はすべて私の思いのまま叶えてくれた。

今でも和紙を求めて気ままなひとり旅をすることも多いのだが、当時、福岡を離れてのお忍び旅は、格別の解放感に満ち溢れていた。

その旅には暗黙のルールがあった。万が一の事故、トラブルに備えて、搭乗者名の登録が必要な飛行機は利用しない。ひたすら電車か車を走らせる。

九州、山口の温泉旅は車を、京都、奈良方面の旅は、新幹線を利用した。その帰路で小倉駅を過ぎて博多駅に到着するまでは、隣同士の席のまま他人のふりをして一切会話をしないこと。新幹線を降りてからも、いかにもひとり旅の様相を呈し、互いに別々のタクシーに乗り込み家路を急いだ。

身を切られるような瞬間である。

旅の思い出は、数えきれないほどあるが、旅先でのツーショット写真は一枚もない。

松江と足立美術館

ＪＲの分厚い時刻表を見るのが大好きだった。ページを捲り、乗り継ぎの時間など綿密に計画を立てていく。楽しい時であったが、今はスマホ片手に、乗り物の手配から宿まで段取りよく済ませることができ、便利な時代ではあるが、なんとも風情がなくてつまらない。

いくつか旅にまつわる話をしたいと思う。

今から三十二年前の秋、山陰山陽の旅を計画した。というのも、山口県徳山に住む九十歳の伯母（元夫の母の姉）が癌のため、自宅で看取りを迎える状態であったので、義母と元夫と三人でお見舞いに伺った。

義母の気持ちとは裏腹に、新幹線の車窓から見える澄みきった秋空がとても印象的だった。

毛利という名前から、伯母の住まいは、一族の末裔と思しき立派な武家屋敷の様相をなしていた。今も記憶にあるのは、八畳ほどの広さの墨塗りの板の間があり、着物など身支度をする部屋だと言う。座敷に糸くずや髪の毛などが落ちるのを避けてのことだろうか。

茶室の室礼も美しく、隣には伯母の部屋があった。ベッドに横たわっておられたのだが、大きくくり抜かれた窓から絵画のように遠くに見える一本の桜の木は、市にお願いをして植樹していただいたらしい。

来春、満開の桜を見たいという伯母の願い、あまりにも切ない。そして、か細い伯母の手が私の手に添えられて「妹をよろしくね。」と言われたのだ。胸が張り裂けそうな思いで別れを告げる。義母を残し、伯母の娘さんに見送られながら元夫と徳山駅へ戻った。

新幹線で元夫は博多へ向かい、私は岡山へ。上りと下りの新幹線が五分差で到着。ホームを挟んで互いに手を振り元夫が博多へ向かうと、すれ違いでホームに入ってきた新幹線には、博多から乗車した現夫が約束の号車に乗ってきた。その車両に乗り込んだ私は、彼の隣の席に座り「計画通りよ。」と、まるでサスペンスドラマ。

あ~あ、神様、罪深き私をお許しください。

心の中で叫んだ。


その後、岡山駅から伯備線に乗り換え、赤い石州瓦の美しい家並みを眺めながら、ひたすら日本海を目指し、山あいを走り抜け松江へ到着した。

今回の旅の目的は、宍道湖の夕日と、安来市にある足立美術館の秋季特別展へ足を運ぶことであった。

なかでもお目当ては、横山大観の「紅葉《こうよう》」と、川端龍子の「愛染《あいぜん》」で、そのスケール感、色合い、繊細な筆触を直接見たいと思ったからだ。

在来線に乗り換え、二時間半ほどで宍道湖に沈む夕日の時間に間に合ったものの、あいにくの曇り空のため、美しい夕景は、期待通りとは言えなかった。

その夜は、松江温泉に泊まり、翌日、お隣の安来市へと向かった。

安来市の「足立美術館」を訪れるのは初めてである。

広大な敷地と美しい枯山水の庭園に目を見張った。計算し尽くされた日本の四季。自然の山並みを借景に、人の手による庭園が見事なまでに美しい調和を見せている。

展示室に足を踏み入れると、横山大観の六曲一双の屏風絵「紅葉」が奥一面に展がっている。その迫力に圧倒された。

群青と真紅の燃えるような紅葉、右半双上方には、飛びたった一羽の「鶺鴒《せきれい》」。秋の季語である。

鶺鴒は、七十二候にも「鶺鴒鳴《せきれいなく》」と登場するが、白露の七十二候（四十四候）で表現される。また、『日本書紀』では、イザナギ、イザナミに恋を教えた「嫁教え鳥」「恋教え鳥」として登場するという。

どうか私たちに神様のご加護がありますようにと祈りたくなる。

続いて、川端龍子の「愛染」も、群青と真紅の紅葉が幾重にも折り重なって二羽の「鴛鴦《おしどり》」を表現している。なんとも愛らしく心和ませてくれる。

「愛染」という、本来の執着する愛というより仲睦まじい夫婦の愛を表していると、作品のキャプションに書き記されていた。


松江には、その後も三回訪れるほど思い出深く、私の仕事部屋として現夫が用意してくれたワンルームも〝松江〟と親しみを込めて呼んでいた。互いに時間が合わずにすれ違いの時は、「お便り帳」に、共有できなかった時の募る思いをメッセージにして残した。


結婚十八年目の記念日にも松江を訪れている。京都から城崎温泉、出雲大社、松江と電車を乗り継いでの旅を楽しんだ。

出雲大社では、ちょうど私たちが参拝予定の日の朝、偶然宿で見たテレビニュースで安倍元総理が前日に出雲にお越しになり、参拝のお帰りにお蕎麦を召しあがったと話題になっていた。きっとおいしいであろうと、できれば同じものを食してみたいと、お詣りの後、参道から少し離れた閑静な住宅街に佇む「平和そば」を訪ねた。やはり絶品蕎麦に間違いなかった。

その後の帰路は、さすがに本物の夫婦になっていたので、出雲縁結び空港から飛行機を使って、ひとっ飛びで福岡へ帰り着いた。

鹿児島、薩摩切子

鹿児島へは、薩摩切子を求めて旅をした。その気品のある輝きと色、重厚感、カットとグラデーションの技法。勤務先の画廊で扱っていた時、もっと多くの作品を手に取ってみたい、職人の手による製造工程を生で見たいと思った。そして、ひとつでも手に入れたいという気持ちから鹿児島の旅を計画した。

島津家ゆかりの仙巌園、尚古集成館を訪れ、鎌倉時代から続く歴史と文化を知る。

「薩摩切子」の美しさ、繊細な作業に感動。結局、切子の猪口を四点購入した。

その夜は、島津重富荘に宿を取った。

正しくは、薩摩藩筆頭家臣（島津家分家）の重富島津家のお屋敷であった。

ほぼ十年前までは、島津家別邸という高級旅館として宿泊することができたのだが、今は残念ながらマナーハウス・フレンチレストランとブライダル関係を手掛ける会場に様変わりしているようだ。

国登録有形文化財で、敷居が高そうだが、私たちが三十数年前に宿泊した時は、錦江湾と桜島を目の前に見ることができ、庭園が美しい重厚な日本家屋であった。その内部を丁寧に説明していただいた。

夕餉には、買い求めた薩摩切子の猪口で早速お酒をいただいた。

その夜、誰もが寝静まった真夜中に火山爆発音と震動、非常サイレンのけたたましい音に目が覚める。桜島の噴火である。

初めは事態がのみ込めず、部屋の周りの様子をうかがうが、誰ひとり現れず騒ぐこともなく朝を迎えた。

鹿児島の人にとっては、日常茶飯事なのだろうか。私たちにとっては、とても恐ろしい体験だった。

そして何事もなかったかのような朝を迎えた。朝食で通された部屋は、正室の間から見える位置関係にあるという側室の間であった。

正室の間の柱には、嫉妬心から無数のかんざしの跡が残っているという。

これもまた不思議なご縁かもしれない。

旅のアイテム

旅のお楽しみアイテムが三つある。

一つ目は、たびたび登場するお酒とお猪口。食事には欠かせないもので、旅先では、窯元を訪ねお気に入りの猪口やぐい呑みを買い求め、地酒を宿でいただく。

二つ目は、お香《こう》を楽しむ。昔は、好みの香を持って行くこともあったが、老舗和風旅館では、室礼のひとつとして香りを大切にされている。玄関に入るや否や上品な香りに包まれ癒やされる。

三つ目は、懐かしいカセットテープ・レコーダー。以前、マナーインストラクターの勉強中に、自分の声のトーンやアクセントなど、話し方を携帯のカセットテープに録音してチェックするという作業をしていた頃の名残で、ある時から旅のお供にしたことが始まりだった。思いがけず写真よりもずっとリアルに当時のことが甦ってきて実に面白い。

部屋で夕食をいただきながら、「今日は、○○温泉○○旅館……。」からスタートして、カセットテープ・レコーダーへの録音を始める。旅の目的、その日の出来事、「今日のお酒は○○銘柄は○○。」と、他愛のないおしゃべりが続く。お付き合いの年数が重なるほどすっかり夫婦の会話になっていくのが分かる。

心づけ

もうひとつ加えさせていただけるなら、「心づけ」のポチ袋である。

料金受取人払郵便

新宿局承認

2524

差出有効期間
2025年3月
31日まで
（切手不要）

郵便はがき

1 6 0-8 7 9 1

141

東京都新宿区新宿1－10－1

(株)文芸社

愛読者カード係 行

ふりがな お名前		明治　大正 昭和　平成　　年生　　歳	
ふりがな ご住所	□□□-□□□□	性別 男・女	
お電話 番　号	（書籍ご注文の際に必要です）	ご職業	
E-mail			
ご購読雑誌（複数可）		ご購読新聞 新聞	

最近読んでおもしろかった本や今後、とりあげてほしいテーマをお教えください。

ご自分の研究成果や経験、お考え等を出版してみたいというお気持ちはありますか。

ある　　ない　　内容・テーマ（

現在完成した作品をお持ちですか。

ある　　ない　　ジャンル・原稿量（

書　名				
お買上 書　店	都道 府県	市区 郡	書店名	書店
			ご購入日	年　　月　　日

本書をどこでお知りになりましたか?

1.書店店頭　2.知人にすすめられて　3.インターネット(サイト名　　　)

4.DMハガキ　5.広告、記事を見て(新聞、雑誌名　　　)

上の質問に関連して、ご購入の決め手となったのは?

1.タイトル　2.著者　3.内容　4.カバーデザイン　5.帯

その他ご自由にお書きください。

(　　　)

本書についてのご意見、ご感想をお聞かせください。

①内容について

②カバー、タイトル、帯について

弊社Webサイトからもご意見、ご感想をお寄せいただけます。

力ありがとうございました。

せいただいたご意見、ご感想は新聞広告等で匿名にて使わせていただくことがあります。

様の個人情報は、小社からの連絡のみに使用します。社外に提供することは一切ありません。

籍のご注文は、お近くの書店または、ブックサービス(☎0120-29-9625)、

ブンネットショッピング(http://7net.omni7.jp/)にお申し込み下さい。

近頃は、サービス料が宿泊費に含まれるため、必要ないものと心づけをお渡しする習慣は少なくなっている。海外のチップとの違いは、チップは、提供されたサービスに対して対価として払うものであるのに対して、心づけは、必ず払わなくてはならないものではなく、感謝の心を表すものとしてお渡しする。

私たちは、挨拶がわりにお渡しするようにしている。得意の折形で心を込めて作ったポチ袋には、前もって宿泊料金の二、三割の新札を準備しておく。小規模の宿であれば、皆さんで召しあがっていただける和菓子や滋賀の叶匠壽庵さんの香煎茶を折形でお包みして持って行き、お部屋にご案内され、その日担当してくださる仲居さんに実家に帰ったような気持ちで手土産を渡し、「お世話になります。よろしくお願いします。」の気持ちを込めてお渡しする。

すると、仲居さんたちとも会話が弾み、お酒も進みすてきな夕餉になる。

二十数年前、京都貴船でふじやさんに宿泊した時のこと。修業中の若い仲居さんに手作りの鶴のポチ袋で心づけをお渡ししたところ、とても喜んで、胸元でポチ袋を握りしめて、「私の宝物にします。」と、言ってくださり、こちらも幸せな気分になったことがある。

心づけを差しあげたからと言って、けっして見返りを求めないこと。こちらも楽しませていただいているのだから……と思う。

貴船神社入り口の貴船ふじやさんでは、もうひとつ思い出がある。

夏場であれば、川床を楽しめるのだが、訪れたのは、深まり行く秋。ライトアップされた紅葉の美しい川を眺めながらの夕食。

床の間で、なんだか実家に帰ったような気分にさせられる仙厓和尚の描かれたユーモアたっぷりの掛け軸を目にした。日本最初の禅寺で博多にある「聖福寺」第一二三世住職。ボランティアをしていた福岡の美術館に多くのコレクションがあり、思わず再会したような懐かしさを覚えた。

琵琶湖

再婚後も数えきれないほど京都、奈良、金沢へと足を運んだ。

現夫の娘さんが京都の大学へ進学した時は、土砂降りの雨の中、知人に紹介していただいたワンルームマンションを見学し、大家さんへご挨拶にうかがったこともあった。

その後も、びわ湖ホールで娘さんが在籍する吹奏楽部の定期演奏会が開催された時には欠かさず赴いた。


琵琶湖といえば、三十年前のこと。

比叡山延暦寺や石山寺を参拝した。

延暦寺では、日本仏教祖師が学ばれたという歴史の重みを感じながら山道を散策していると、どこからか、うぐいすの美しい鳴き声が聞こえ、うっとり浸っていると、夫が季節はずれの「ホーホケキョ」という鳴き声に気付いた。

参拝者のために大自然の中で涙ぐましい仕掛けにふと心が和む。

その後、比叡山鉄道のケーブルカーで琵琶湖の景色を一望しながら麓の坂本駅へ向かった。

日本最古の湖、湖畔の宿で神秘的な美しい光景。とても穏やかな朝を迎えた。

義母

私たちが再婚前でも自由に旅ができたのは、同居の義母（元夫の母）のおかげであった。

当時、子どもたちのスケジュールに差し障りのない日を選んで出かけてはいたが、安心して家を空けられた裏には、義母の存在があった。義母には申し訳ないという気持ちで、家に帰ると、家のこと、そして義母のためにできることを一生懸命尽くした。

元夫が不在の義母との夕飯は、一緒にビールをいただきながら、同郷長崎の話に盛り上がり、義母の若かりし頃の恋愛話まで語ってくれた。

二十二年前に九十三歳で亡くなった義母は、娘時代には長崎の貿易会社で仕事をしていたらしく、上品なハイカラさんだったようだ。所長さんに映画に誘っていただいたが、うら恥ずかしくて妹と一緒にデートした話などを聞かせてくれた。義母とは、二十三年間ひとつ屋根の下で暮らし、女同士の話ができたことがとても懐かしい思い出となった。

その反面、実家の母と過ごしたのは、高校時代までだったので、私が歳を重ねても母の中では私は十八歳の娘のままだったような気がする。

義母は向上心のある人で、九十歳を迎える頃まで、毎月、天神で行われる短歌の会に我が子ほどの年齢のお仲間と参加することを楽しみにしていた。

前日には、「明日、何を着て行こうかしら。」と、あれやこれやと迷いながら服選びをしている姿は、とてもかわいらしい姿だった。散々迷った末に決めた服も、翌朝には気が変わったのか、出がけにはさらりと違う服を着て出かけていった。

義母が短歌の会に参加する日だけは、元夫が別宅から戻り、義母とお友達を車で送り届けるのだった。

私は、この日のために手作りお弁当を拵えた。お昼になると「お嫁さんが作ってくださったのー。」と言って、義母が園児のお弁当より小さな箱を開けると、短歌の会の皆さんが箱の中を興味津々で覗かれるらしい。親指ほどの大きさのおじゃこさんのおむすびふたつ。柔らかく煮込んだ筑前煮、だし巻き、西京焼きなどすべてひと口サイズにして彩りよく詰めた。毎回、お弁当の中身はハードルが高くなっていく。

紙切れ一枚

いよいよ、決断の時が来て、最初に相談をしたのは、義母である。

「離婚しようと思います。」と切り出すと、九十歳を過ぎた義母は、淋しい顔をして、「どうして？　二人仲良くしているじゃない！」「どうして……。」と、なかなか受け入れ難い現実に沈黙が流れた。

「あなたが幸せになれるのだったら……。」と、多分、今の夫の存在も見抜いてのことだと思った。

その後、元夫に離婚してほしい、今、お付き合いしている人（現夫）と再婚を考えていると申し出た。

私の方から切り出すのは我慢していた。その上、すでにお付き合いしている人がいることも、初めから口に出すつもりもなかったのだが、それほどのことを言い出さなければすぐには納得してもらえないと思ったのだ。

元夫の返事は、「分かった。手続きしよう。」と、受け入れてくれた。


これには、もうひとつ深い話がある。

元夫と現夫から、十二月の私の誕生日のプレゼントに何が欲しいかと聞かれ、二人の夫には、「紙切れ一枚、ください。」と、お願いをした。

二組の夫婦が、私の四十六歳の誕生日に離婚届を提出することになった。

現夫の方は、初めからボタンの掛け違いだったという。

生活していくうえで心通わせることもなく、それでも三人の子どもを育て、修復できるものならと努めたと思うが、もうやり直すのは無理。このままでは……と、重苦しい空気が漂っていたという。

最後に現夫は、奥様の前に誠意を持って慰謝料を差し出し、すべてが終わった。

そして、十二月の私の誕生日に、ひとりで区役所へ。神妙な面持ちで離婚届を提出した。


一方、私の方は、同日、元夫とそろって区役所に行き、淡々と事務的に離婚届が受理される。

それから、一緒に昼食を取り「じゃ！」と、別れた。

「え〜え、こんなにも簡単に二十三年間の婚姻関係が解消されるなんて！」

人生の一大事なのになんてあっけないことか。

一般的には、理解し難いことだが、元夫は、その後もお茶や食事を平気で誘ってきたのだ。現夫は、その神経が分からないという。

その後も、義母のことや子どもの相談ごとで会わなければならない時もあったが、抵抗なく話ができるようになったのは、数年後に元夫が、二十歳ほど年下の女性と再婚したことを知ってからだった。

再婚禁止期間

離婚届を出しても、女性は年齢に関係なく、当時は、六カ月を経過しなければ再婚できないと定められていた。

この期間のことを「待婚期間」または、「再婚禁止期間」というらしい。

再婚後まもなく産んだ子の父親が誰かという問題があるからである。

今は、民法改正により再婚禁止期間は六カ月から百日に変更され、さらに離婚時に妊娠していないという医師の証明があれば、すぐに再婚できることになった。

入籍

十二月の正式離婚後に、迎えた新年。

前夫の義母が、お正月は一緒に迎えたいとの希望で、私は、最後の手作りお節料理を心を込めて作った。

元旦には、義母、元夫、大学生の長男、次男がそろって新しい年を迎えることができた。

午後からは、大分の現夫の実家に新年のご挨拶に向かった。

現夫の両親はとても喜んで迎えてくれた。開口一番「おばあ様のお具合はどうですか。」と、義母のことを気遣ってくれるのがありがたい。

実際に、家を出たのは二月《ふたつき》後で、その頃に所属していたフリーランスの会の「作品展」が市の文化館にて催された。私もアクリル板と水引素材を使って立体的な作品を三点出品していたため、移動時に手伝いが必要だった。

六日間の会期の中日《なかび》が新居への引っ越しの日にあたり、作品の搬入は元夫が、搬出は現夫が手伝うというなんともおかしなことが起こってしまった。

私たちは再婚禁止期間を経て、十二月の誕生日から半年たった六月の大安吉日に婚姻届を区役所に提出して、晴れて夫婦になれた。

正真正銘、「ほんものになりました!」

義母は、別宅に引き取り、病院の入退院を繰り返しながら、元夫が世話をすることになった。義母にとっては、短い間でも息子のそばにいることができた貴重な時間になったかもしれない。

長男は、その年大学を卒業して県外に就職。学生の次男は、当面の間、父親と暮らすことになった。

義母は、私の新居にも遊びに行きたいと楽しみにしていた。その矢先に、叔母と温泉に出かけた際、脳梗塞で倒れ、緊急入院した。病院のベッドでずっと目を閉じ眠っているように見える義母に話しかけると、あんぐりと口を開けて答えてくれた。聴覚は、最後まで残る感覚と言われるが、しっかりと受けとめてくれる義母との残された時間がほんとうにありがたかった。そして、十一カ月間、意識が戻らない状態のまま逝ってしまった。義母のことは、最期まで看たいという思いを現夫も汲んでくれて、毎日病院へ行っては、数時間病室で義母と過ごして洗濯物を持ち帰り、我が家に干すことも許してくれた。時には、元夫が車で我が家まで迎えにくることもあった。現夫は、私と結婚したのだが、いつまでも借りもののようできっと面白くなかったはず。

私の気持ちを尊重してくれる現夫と対照的な出来事もあった。

九十歳を過ぎていつお迎えが来てもおかしくない義母を、別れた元夫は、仕入れのためにイタリアに行ってくるので、もしものことがあった時は、私に葬儀をお願いしたいとの申し出だった。籍を抜いた私ができることではないし、「仕事の代わりは、いくらでもいるはず。せめてお義母さんのそばに居てください。」と、言ったほど。

非常識にも程がある。

それでも、義母の臨終の時、たまたま元夫はそばにはおらず、結局、私が葬儀の段取りをした。その夜の通夜には、義母の短歌のお仲間と弔問に伺った。

子どもたちの結婚式

新しい生活が始まる。

私の息子たちも現夫とは、随分長い付き合いになるので、新しい家族の形としてすぐになじんでくれた。大人になった彼らの優しい気遣いだったと感謝している。お付き合いしている彼女を我が家に連れてきたりして、とても賑やかになった。

息子たちの父親も比較的近距離に住んでおり、現夫のことは、今でも「おじさん」と呼んでいるが、実際は、父親に代わってなにもかも接してくれている。

そのうち徐々に、子どもたちが結婚を意識する年頃になると、頭の痛い問題が持ちあがる。

それは、両親が離婚や再婚している時の、結婚式及び披露宴のあり方のマニュアルなんてないわけで、父親、母親、そして新しいパートナーも含めて、どちらが親の権利を主張するのか、とても悩ましいところだ。

昨今、離婚率が高い中、多くの親御さんが直面する問題ではないだろうか。我が家も五人の子どもたちにそれぞれのケースがあり、それに合わせて、私たちの立ち位置も違った。

私の息子は、次男が先に二十七歳の時に所帯を持った。

案の定、結婚式を行うにあたり最善の方法を模索した。息子たちは、あまりにも複雑な人間関係に結婚式を一度は諦めかけたというが、私はお嫁さんにすてきなウェディングドレスを着せてあげたい。皆で祝ってあげたい一心だった。

以前、私の実家の母が「孫たちの結婚式は、別れた夫側ではなく、こちら側でやりなさい。」と、言っていたとおり、元夫には申し訳ないが、こちらですべて段取りをつけた。

重ねて複雑になったのは、お嫁さんのご実家は鹿児島。しかも、ご両親が私たち夫婦と同じ境遇であった。つまり、お嫁さんのご両親が離婚された後、それぞれ再婚されているという。

まあ～っ！　驚いた。それなら話も早い。

両家とも母方が主導権を握ることになった。

息子たちが大まかな日取りや内容を決め、あとは、お嫁さんのお衣装以外は、新郎側でほぼ決めさせていただくことにした。

実は、ブライダルコーディネーターの勉強もしていたので、その経験を活かして、私自身も楽しませていただいた。

お嫁さんのお母様も同世代のすてきな方で、初めてお目にかかった時から意気投合した。メールの交換、お宮参りに七五三参り、運動会など孫の行事のたびに鹿児島からお見えになり、いいお付き合いをさせていただいている。

別れたお父様の方も結婚式前に「娘をよろしく。」と、鹿児島からご丁寧に挨拶に見えた。その後十四年間、一度もお会いする機会もないのだが、盆暮れのご挨拶の品を元夫宅と我が家の方へ欠かさず贈ってくださるような律儀な人である。

ホテルの結婚式会場の担当者も席次表の名前が、新郎新婦と両親の名前がバラバラで違っているのは初めてのケースだと言われ、内心、不安視されていたようだが、当日は、参列者の雰囲気の良さに驚かれていた。

その後、孫娘が誕生。お気付きでしょうか。この孫には、離婚後それぞれの両親が再婚しているため、おじいちゃんが四人、おばあちゃんが四人いることになる。

三年後、次女が誕生。

息子夫婦は、とても気遣いのある子たちで、四組の祖父母と仲良くコミュニケーションを取って、正しく「たすきがけの親孝行」を実践している。

夫には三人の子どもたちがいる。

現在四十代後半になる夫の上の息子さんは、夫婦ともに教員をしている。その息子さんと私たちには、悔やんでも悔やみきれないことがある。

それは、二十三年前、離婚するにあたり上の息子さんへ説明の段階で、大分の実家の義姉から横槍が入り、話がつかないまま会えずじまいになっていることである。孫娘が二人いると聞いているが、一度も顔を見ることもなく、上の娘さん（現夫の孫）は今年大学生になったことを知った。

夫の下の息子さんと娘さんとは、時々会食をしたり、電話でも近況を知ったりする機会もあるが、上の息子さんとの関係だけが気懸かりでならない。

そんな息子さん夫婦も、大分日田のご先祖様のお墓参りをしていると知った時は、少し胸を撫でおろす思いだった。

夫の下の息子さんと娘さん、私の次男がたまたま同じ年に三組、結婚式を挙げることになった。親としては、大変な年となった。

長女が嫁ぐ時、夫の立場としては、私の次男の時と全く逆になり、母親とその親戚が式に列席し、父親としては、遠方に嫁ぐ娘に肩身の狭い思いはさせたくないという親心から、費用の面で協力するしかなかった。

娘の花嫁姿も見られず、ヴァージンロードは、長兄が父親の代わりをしたという。致し方ないことと諦めるが、代償の大きさを如実に感じる。

夫の下の息子さんの時は、披露宴の試食会に招かれた。おいしくいただきながら、夫に「本番はどうなの。今度は列席させていただけるのかしら……。」と、話した。

しかし、それは下の息子さんのせめてもの心遣いであった。

父親としてその場にいることは叶わなかったが、立派な挙式、披露宴であってほしいと、これまた費用の面では協力を惜しまなかった。

私の長男の場合、十三年前、ハワイで結婚式を挙げた。

お嫁さんは、三姉妹の長女にあたる福岡の女性で両家の顔合わせが十月十日にあった。

当時、長崎の実家の父は八十七歳で、数日前にお見舞いに行った時は、病院のベッドに横たわっていてもきちんと腕時計をして、時間に正確で几帳面な父らしい姿だった。

もしかしたら、最期になるかもしれないと駆け付けたのだが、会話もできて思ったよりしっかりした父の顔を見てひと安心した。

両家のお顔合わせは、先延ばしよりも早めの方が、あとあと差し障りがないのではと判断のもと、十月十日夕方から福岡市内の料亭にて行うことにしていた。

当日、出かける支度をしていたところ、長崎の姉から電話が入った。

父が亡くなったという知らせだった。

一瞬迷ったが、夫と相談のうえ、おめでたい席の日を改めることも先方に対し失礼かと思い、顔合わせを決行することにした。

先方にはもちろん、息子にも大好きなおじいちゃんの訃報を伝えないと夫と約束をして出かける。

心の中では、急ぎ向かえないことを父に詫びながら、二人のことを守ってくださいと祈った。

実は、長崎の姉の家には、私の長男と同い年の姪がおり、一日も早く良いご縁に恵まれるよう切に願っているところだが、なかなか吉報が届かず、姉への気遣いから正式に決まるまでは内々に進めていた。

理由を明かさず、明日しか行けない旨を伝えると、ものすごい剣幕だった。たまたま別件で帰省していた妹に連絡を取り、事情を話すと「大丈夫だから安心して。」と、言ってもらい心強かった。

お顔合わせの席では先方のお父様もお酒がお好きと聞いており、初対面のぎこちない会話を、互いにお酒を勧めることで場を和ませているかのようだった。私は、一生懸命涙をこらえて作り笑顔で気もそぞろ。夫がしきりに話を盛り上げてくれていた。

その帰り、息子には、おじいちゃんが亡くなったことを告げた。長男も数日前にお見舞いに行ってはいたが、かなり動揺していた。

翌朝、喪服など荷物をまとめて車を走らせた。前夜のお酒が利いてひどい二日酔いのまま実家に着く。実家の和箪笥にしまってあった黒喪服を手伝いの人が出して準備してくださっていた。

母からは、三姉妹そろって黒喪服で通夜と葬儀に列席するように言われていたのだ。葬儀会場には、父を偲んで、ありがたいことに四百人以上の方に弔問いただいた。

その後、息子たちは婚姻届を出し、新たなスタートをした。しかしながら、一番楽しい新婚生活のはずなのに……。その素振りも見せない。

ご両親とも仲良くお付き合いできたらと思い、母親同士でランチをしたり、父親たちは、夜の会食の場を設けたりした。その際、お母様から息子の実父と私たち母親側とどう付き合えばよいのか分からないと不意に言われ、お父様からは、無駄なこと（会食）はしたくないと言われ、さらに「盆暮れのご挨拶止めませんか――。」と、お母様からのメール。私たちの思いは、ズタズタになった。

多分、息子も価値観の違いを感じていたと思われ、早いうちからうまくいっていなかったようだ。

ハワイの挙式は、身内が集まり無事に行われた。緊張している様子で、さまざまなハワイの美しいロケーションの中、現地カメラマンが「ワラッテ、ワラッテ。」と、片言の日本語を連発して大変だった。先方のご家族はひと足先に帰国されたが、私たちは、いつものようにハワイを心ゆくまで楽しむことにした。

なぜふたりが、お互いの人生の伴侶に選んだのか疑問のまま十年近くが経ち、お嫁さんへの気兼ねから息子との連絡まで気を遣うようになった。

年賀状には毎年、「今年は親孝行します。」と手書き文言が添えられていた。

この意味は、もしかすると……。

できればうまくやってほしい。努力してそれでも難しければ新しい道を考えても良いのではないかと。もし二度も三度も離婚を繰り返すのであれば、全く学習が足りないと思うが、互いに同意できれば、年齢的にも賢明な判断になればと思った。

そして、結婚十年目を前に、離婚手続きを取ったと連絡をもらった。

以前、大分日田の義父が手紙に認めた「ひと筋の光をみた。」の言葉が浮かんだ。子どももいないので彼女にも新しくやり直して幸せになってほしいと切に願う。惜しくも、ご両親が抱かれていた懸念は、「離婚」に対する偏見から来るものだったのではないかと思った。


もしかすると十年前の父は、孫の行く末を案じて、何か伝えたかったのかもしれないと思う私は、考え過ぎでしょうか。


離婚後、四十代半ばになった長男が銀行員として責務を果たしながら、ほっと癒やされる家庭のないことが、母親としては不憫《ふびん》でならなかった。

程なく、知人の紹介でひと回り以上年下のお嬢さんと出会い、トントン拍子で結婚が決まった。そこで、また問題が……。

先方ご家族とのお顔合わせは、昼間は長男の父親である元夫と、夜は私たち夫婦というように時間を取っていただいた。

今回も元夫には申し訳ないが、新郎側として、夫と私が列席することを前提に準備を進めていた。

ところが、長男がせめてもの心遣いと報告のつもりで招待状の一部を父親である元夫宛に郵送したのであった。長男もあえて「式にはおじさんとお母さんに出席してもらいます。」と書けるわけがないし、かといって父親の再婚相手の若い女性が母親の席に座すること自体、考えられないことであろう。長男自身もあとになってあまりにも軽率だったと反省するのだが、予感が的中。父親は、参列できるものと思い込んだらしく、奥様も何を着て行こうかしらとまで話が進んでいたという。

新郎の父と母が再婚相手共々席に着くという例は、前代未聞ではないかと……。

元夫は、「皆で並んでいいじゃないか。」と、やはり常識外れ！

夫は、「だったらご両親の席に、父親とパートナーの方に着席いただいて、僕たちは隅の方でいいじゃないか。」とまで言ってくれた。

子どもの結婚式に出席できない父親の辛い気持ちが一番分かる夫ならではの思いや

りと思った。

しかし、新郎側の問題だけではなく、大切なのは、花嫁のご両親やご親戚の方々にとっては、不安を与えてしまうことになり、ご迷惑な状況であることは間違いない。

長男も意を決して、父親には、挙式及び披露宴には遠慮願いたい旨を伝えると、元夫は機嫌を損ねたが、実は、夫に直接会って「お礼を言いたかった。」と驚きの発言が。確かに、父親に代わって息子たちのために、あらゆる面でサポートしてもらったことへのお礼なのでしょうが、まさか、こんな展開になろうとは。

コロナ禍で結婚式を一年近く延期していたため、花嫁は七カ月の身重で式に臨んだ。一年のうちに、結婚式と出産、新築マイホーム。人生の幸せが束になってやってきた。

心から感謝したい。

お嫁さんのご両親は、我々より十五歳ほどお若くて世代の違いはあるが、気遣いのできるすてきなご夫婦だった。彼女も笑顔のかわいい明るい女性で、孫の顔を見に泊まりに来てほしいと言ってくれて嬉しいかぎり。今年十二月の私の古希祝いや正月について、次男夫婦と一緒に気遣って計画してくれている。


夫は、血がつながっていなくても孫たちがかわいくてしょうがない様子。

そして、もうひとり。

その後、夫の下の息子さんも離婚を経て再婚しており、我が子はいないがお嫁さんの連れ子（娘）を育てている。

夫の誕生日、聖バレンタインデーには、毎年「グランパ」とお手紙を添えてプレゼントをいただく。

最初は、「だれ？」

「あなたをグランパと呼ぶ隠し子？」

なんて言って、大笑いである。

もう、何があっても驚かない。

偶然

皆さんにもよくあることかもしれないが、私たちには偶然、同じだったことが多過ぎる。

一、夫の前奥様の名前が私とひと文字違い。
しかも「由」と「田」

夫はしきりに今度は角《つの》がないと言う。

はじめのうちは、郵便物も角があったりなかったり、前奥様のものとも私宛のものとも思える郵便物に気を揉んだ。

二、夫の前奥様と私の長男の誕生日が同じ。

三、夫の下の息子さんのお嫁さんと私の誕生日が同じ。
四、夫の車と夫の下の息子さんの車のナンバーが同じ。
ガソリンスタンドで夫と下の息子さんが鉢合わせて車のナンバーが同じことに気付く。
「親子のやること同じだねー。」と笑う。
五、私の次男の名前と、夫の下の息子さんの娘さんの名前が同じ。
六、私の長男の新しいお嫁さんの旧姓が私の旧姓と同じ。等々。

ドレス

究極は、妹の長男の結婚式での出来事。

妹は、夫の仕事の関係でアメリカとイギリスの生活が長く、二人の息子は、すべてイギリスの教育を受けてきた。

長男のお嫁さんはアメリカ人。次男のお嫁さんはスイス人、イギリスの名門大学時代に出会ったらしい。現在は、長男はサンフランシスコ、次男はジュネーブに住んでいる。

その長男の結婚式のこと。

私の長男の結婚式に、妹はハワイまで飛んできてくれたので、今度は、私がサンフランシスコへ向かった。

結婚式はゴールデンゲートパークにある洗練された美しい建物、デヤング美術館で行われた。

多岐にわたる収蔵品もさることながら、サンフランシスコの街を三六〇度見渡せる高台にあるその中庭で、日本から持参した屠蘇器でまずは日本の作法に則って夫婦の約束を交わす「三々九度」から始まった。パーティー会場には、私の手作り水引のボトルリングと祝い鶴の折り紙を各テーブルに飾りつけ、二百名ほどの会場の参列者の皆さんに大変喜ばれた。

私は朝から芝生用のヒールキャップを合わせ、美容室でメーキャップ、ヘアメイクを済ませてホテルでドレスに着替え、リムジンで会場美術館へ向かうのだが、そのドレスが、なんと花嫁のお母様のドレスと同じもの!!

色もデザインもレース使いも同じブランドのものであった。

世界中に何千何億枚、数えきれないドレスがある中、奇跡としか言いようのない出来事だ。

ドレスの色が被らないか、前もって妹に聞いてもらってはいた。万が一、近い色だった時のことも考慮してもう一着準備してはいたが、お母様が「こんなことは奇跡でしかないこと。素晴らしい!」と、皆さんと一緒に喜んでくださった。妹も「こんなにプラスに受け入れてくださったのだから着替える必要もないし、大歓迎よ。」と、言ってくれた。

満願成就

今年十二月、七十歳「古希」を迎える。
私の中でひとつの節目であることに気が付く。
　この世に生を享けて　二十三年
　　　最初の結婚　二十三年間
　　　　再婚　二十三年目
それぞれ違う環境で同じだけの時間を過ごしたこと。そしてこれからの二十三年はどうなるのか。私に与えられた夫との時間はいつまでなのか。そんなことを考える年齢になったと初めて実感する。
　広い心で強く私を愛してくれる夫と出会ったことは、人生を豊かにすることができた。心から感謝している。

有名人でもなんでもない私たちが道ならぬ恋から満願成就。周りの人への思いやりの心と一生懸命努力を重ねて今があると思う。

思いやりの心

我が家の夕飯は、毎晩三時間かけて晩酌タイム。新鮮な魚が手に入る博多ならではのお刺身は欠かせない。夫の手作りによる酒の肴も並ぶ。話題もさまざま。テレビは、主にBSフジのプライムニュースを見ながら、政治、社会問題などを多岐にわたって議論する。

孫娘たちからは、「おばあちゃんは優しい。」「おじいちゃんはよくしゃべる。」と、ひと言で表現するとこうなるらしい。

だから、今までたくさん話し合って難題を乗り越えてくることができたと思う。

私の一番の理解者である。

その上、ありがたいことに料理好き。

夜型人間の私が朝八時過ぎに起きる頃には、だしや味噌に拘った味噌汁が出来上がっている。漬け物も手作り、大好物の素麺となると麺つゆも自家製。食材の買い物も上手にこなすなど、かなり楽させてもらっている。好きだから。お料理と私のことが……。

コロナ禍で外出を控えなければならなかった時も、とにかく我が家は楽しい。

年を重ねた分、心の美しさや精神の豊かさ、気持ちの優しさとともに　人を深く愛することができるようになった気がします。
12年間、大切に温めてきた大人の愛だから自信を持って出発します。

A Second Marriage

著者プロフィール

森 すず美（もり すずみ）

1952年　長崎生まれ
「折形礼法教室」主宰
生涯学習「心の和学」講師
九州造形短期大学デザイン科卒

たすきがけの親孝行　ひと筋の光をみたようだ

2024年2月15日　初版第1刷発行

著　者　森 すず美
発行者　瓜谷 綱延
発行所　株式会社文芸社
〒160-0022　東京都新宿区新宿1－10－1
電話　03-5369-3060（代表）
03-5369-2299（販売）

印刷所　図書印刷株式会社

ISBN978-4-286-24946-9　JASRAC 出 2307436－301